11 de febrero

La *le*

I

M

DATE DUE

GAYLORD

PRINTED IN U.S.A.

11 de febrero de 1990

La liberación de
Nelson
Mandela

John Malam

EVEREST

Título original: *11 February 1990*
The Release of Nelson Mandela
Traducción: Liwayway Alonso Mendoza

First published by Cherrytree Book (a member of the Evans
Publishing Group), 2A Portman Mansions, Chiltern Street,
London W1U 6NR, United Kingdom

© Evans Brothers Limited 2002
This edition published under license from Evans Brothers
Limited. All rights reserved.
© EDITORIAL EVEREST, S. A.
Carretera León-La Coruña, km 5 - LEÓN
ISBN: 84-241-1608-9
Depósito legal: LE. 999-2004
Printed in Spain - Impreso en España
EDITORIAL EVERGRÁFICAS, S. L.
Carretera León-La Coruña, km 5
LEÓN (España)
Atención al cliente: 902 123 400
www.everest.es

Picture credits:
Bailey's African History Archives: 13, 18
Corbis: Front cover, 7, 23, 25, 26
Hodder Wayland Picture Library: 8, 15
Hulton Getty: 20
Link Picture Library: 9, 10, 19, 22
McGregor Museum, Duggan-Cronin Collection: 11
Rex Features: 17
Topham Picturepoint: 12, 14, 16, 21, 24, 27

Sumario

Le llaman "Agitador"

Entre las suaves colinas y los campos de la región Transkei de Sudáfrica están los pueblos donde viven los thembu. Ése ha sido su hogar desde los tiempos más remotos, el lugar en el que viven desde hace siglos, cultivando la tierra y criando ganado. El pueblo de Mvezo se alza sobre una colina, y desde allí se pueden contemplar unas magníficas vistas del cercano río Mbashe. Mvezo es parecido a muchos otros pueblos de la zona, pero es famoso por un maravilloso motivo.

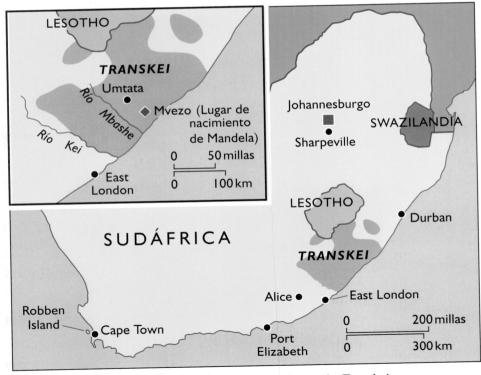

Un mapa de Sudáfrica que muestra la región Transkei.

El 18 de julio de 1918, nació un niño en Mvezo, en una sencilla cabaña con tejado de paja. Los padres del niño, Henry y Nosekeni Mandela, llamaron a su hijo Rolihlahla, que significa "tirar de la rama de un árbol". También puede significar "agitador", un nombre apropiado para el niño, aunque por aquel entonces nadie lo sabía aún.

Rolihlahla tenía trece hermanos. Su padre era el jefe del pueblo Mvezo y consejero del rey thembu. Su propio bisabuelo había sido un rey thembu. Cuando Rolihlahla aún era muy joven, la familia Mandela se trasladó a Qunu, un pueblo cercano. Allí fue donde Rolihlahla pasó su infancia.

La historia de cómo Rolihlahla Mandela, un niño africano de Transkei, se convirtió en uno de los mayores líderes del mundo, es también la historia de Sudáfrica y su turbulenta historia.

Un pueblo moderno de la región Transkei de Sudáfrica.

África es para los africanos

Rolihlahla Mandela nació en un momento muy importante de la historia de África. Los primeros años de la década de 1900 vieron el nacimiento de una nueva forma de política entre las naciones africanas. Era un movimiento político conocido como **nacionalismo,** que significa que las naciones reivindican la libertad de gobernarse a sí mismas.

Sudáfrica tenía muchas minas de diamantes, y los comerciantes europeos montaron allí sus negocios de compra y venta de diamantes.

Sin embargo, en aquella época, muchas zonas de África no estaban gobernadas por los africanos. En lugar de eso, muchos países africanos estaban dirigidos por gobiernos extranjeros de Gran Bretaña, Francia, Alemania, Portugal e Italia. Los colonos de aquellos lugares lejanos se habían trasladado a África y habían tomado las tierras de las gentes de África. También llegaron hombres de negocios. Construyeron fábricas y minas, contrataron a los africanos para trabajar allí y sacaron las mercancías y los beneficios fuera de África para enviarlos a Europa.

Los africanos pronto comprendieron que no podían poner freno a lo que les estaban haciendo los poderosos países europeos. Y lo que era aún peor, los europeos no creían que estuvieran haciendo nada malo.

En 1912, seis años antes del nacimiento de Rolihlahla Mandela, se fundó un nuevo partido político en Sudáfrica. Era el Congreso Nacional Africano (ANC) y, como otros partidos de todas partes de África, tenía un mensaje muy importante que difundir entre los africanos: el mensaje del nacionalismo.

El ANC quería crear una Sudáfrica **multiracial,** donde las personas de raza blanca y negra pudieran vivir juntos en paz y amistad. Pero, sobre todo, el ANC había tomado la determinación de lograr que Sudáfrica fuera gobernada por los africanos, no por los gobiernos extranjeros de Europa.

Los primeros miembros del ANC, fotografiados en 1914.

Le llaman "Nelson"

Cuando Rolihlahla Mandela cumplió los cinco años comenzó a trabajar como pastor, cuidando ovejas y vacas. Más tarde, en 1925, al cumplir los siete años, se convirtió en la primera persona de su familia que asistía a la escuela. El padre de Rolihlahla quería que le fuera bien en la vida, y sabía que una buena educación le sería de gran utilidad.

Rolihlahla estudió en una **escuela de las misiones,** dirigida por misionarios cristianos. En su primer día de clase, el profesor le explicó que los nombres africanos que no eran cristianos no se utilizaban en el colegio. Le dieron el nombre inglés de "Nelson". A partir de aquel día, Rolihlahla fue conocido como Nelson Mandela.

Una reconstrucción de la cabaña en la que Nelson Mandela vivió con la familia real thembu.

En 1927, cuando Nelson tenía nueve años, su padre murió. Aquello supuso una gran conmoción para el niño, y también para su madre que se quedó sola y tenía que sacar adelante a la familia. Para facilitarle las cosas, Nelson se fue a vivir con la familia real thembu, porque las dos familias se conocían mucho.

El jefe Jongintaba Dalindyebo y su mujer, NoEngland, vivían en la capital thembu de Mqhekezweni con su hijo, Justice. Acogieron a Nelson como uno más de la familia.

A medida que Nelson crecía, iba aprendiendo muchas cosas del jefe Jongintaba. Escuchaba historias muy antiguas sobre los valientes africanos que habían luchado para conservar

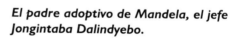

El padre adoptivo de Mandela, el jefe Jongintaba Dalindyebo.

sus tierras. No querían que los colonos europeos se las arrebataran. Nelson escuchó los relatos de cómo los líderes africanos fueron arrestados y enviados a una prisión lejana en Robben Island. Jamás olvidó aquellas historias.

De niño a hombre

En el año 1934, el jefe Jongintaba envió a Mandela a estudiar en un internado. Cuatro años más tarde, a la edad de 20 años, ingresó en la Universidad de Fort Hare, en la ciudad de Alice.

En la universidad, Mandela comenzó a demostrar que era un líder. Participó en una protesta por la mala calidad de la comida que se servía a los estudiantes. Mandela hacía honor al nombre de Rolihlahla, "agitador".

En 1940, el jefe Jongintaba le dijo a Mandela que había elegido una novia para él. Aquello no le gustó nada a Mandela, que huyó a Johannesburgo, la capital de Sudáfrica.

La Universidad de Fort Hare, en Alice, era una universidad sólo para estudiantes africanos de raza negra.

En Johannesburgo, Mandela se hizo policía en una mina de oro. El jefe Jongintaba descubrió dónde estaba y le pidió al dueño de la mina que lo enviara a casa. Mandela se negó a regresar. Estaba decidido a abrirse camino en el mundo por sus propios medios.

Mandela decidió que quería hacerse abogado y su primo, Garlick Mbekeni, sabía quién era el hombre más apropiado para ayudarle. Le presentó a Walter Sisulu, un influyente hombre de negocios africano que tenía su despacho en Johannesburgo. Sisulu era muy conocido por la ayuda que prestaba a sus compatriotas africanos. Le buscó trabajo a Mandela en un despacho de abogados y los dos hombres se hicieron buenos amigos.

Mandela se instaló en su nuevo trabajo. Pudo terminar sus estudios en la Universidad de Fort Hare por correo, tras lo cual se matriculó para estudiar en la Universidad de Witzwatersrand, en Johannesburgo. Estudió derecho, y era el único estudiante de raza negra del departamento.

Walter Sisulu en los años cuarenta.

13

Un país dividido

En los años cuarenta, Sudáfrica era un país dividido por la **discriminación racial.** Se aplicaba un sistema llamado **apartheid,** que quiere decir "separación". Los africanos, los indios y todas las personas que no eran blancas se mantenían separadas de la gente blanca. El gobierno estaba dirigido por personas de raza blanca a las que les resultaba sencillo aprobar leyes que les favorecieran. Era un sistema cruel e injusto para todos aquellos que no fuesen blancos.

En 1942, Walter Sisulu animó a Mandela a unirse al Congreso Nacional Africano (ANC) y asistir a sus reuniones. Al

Alumnas sentadas en bancos marcados "sólo para gente de color".

hacerlo, Mandela se involucró en la política Sudafricana. Era joven y estaba lleno de energía, y comprendió que el ANC podía utilizarse como un arma muy potente para defender los derechos de todas las personas de raza negra en Sudáfrica, liberándolas de la discriminación racial.

Mandela hizo muchos amigos en el ANC. Esos hombres habían decidido que, para que la gente se tomara en serio a la ANC, tenían que cambiar su modo de funcionamiento. Así que, en 1944, se fundó la Liga de la Juventud del ANC, y Nelson Mandela fue uno de sus fundadores. Los líderes de la Liga de la Juventud pensaban que la ANC no había hecho suficiente para cambiar la

Unos niños reparten panfletos de la ANC en la calle.

política de Sudáfrica. Querían que la ANC se convirtiera en un movimiento de masas para millones de personas corrientes, que pedían cambios en el sistema.

Las reuniones de la Liga de la Juventud eran en casa de Walter Sisulu. Se trataba de un buen lugar para hablar de política y hacer planes de futuro.

Comienzan las protestas

El trabajo de Mandela con la Liga de la Juventud del ANC probó que era un líder nato, y se convirtió en una persona importante dentro del partido. Más tarde, en 1948, el gobierno sudafricano adoptó el sistema del apartheid como política oficial: lo hicieron formal.

La ANC sabía que debía hacer algo para denunciar la injusticia del apartheid. Elaboró su Programa de Acción, convocando huelgas masivas, boicots, protestas y resistencia pacífica, todas ideas propuestas por la Liga Juvenil.

En lugar de escuchar al ANC, el gobierno aprobó más leyes pensadas para poner fin a las protestas. La vida en Sudáfrica

Una protesta pacífica de la ANC contra el apartheid, en los años cincuenta.

para aquellos que eran de raza negra se hizo aún más dura, y el sistema del apartheid se impuso estrictamente. Estaba prohibido que se casaran con personas de raza blanca. No se les permitía desempeñar muchos trabajos y existían instalaciones especiales separadas para unos y otros. Tenían prohibido vivir o trabajar tierras que fueran propiedad de blancos y todos ellos fueron obligados a llevar "pases" con sus fotografías,

En protesta contra el apartheid, Nelson Mandela quemó su pase.

huellas dactilares y detalles acerca de los lugares a los que tenían permiso para viajar.

En el año 1952, la ANC pidió al gobierno que diera a las personas de cualquier raza que no fuera la blanca los mismos derechos que tenían éstos. El gobierno se negó. Como respuesta, la ANC inició una protesta pacífica, no violenta. Se llamaba Campaña del Desafío a las Leyes Injustas. Mandela viajó por todo el país animando a la gente a desafiar las leyes del apartheid.

Mandela, el líder

Por su participación en la Campaña del Desafío, Mandela fue arrestado y llevado a juicio. Pero, dado que la protesta había sido pacífica y que no hubo ningún herido, Mandela fue liberado sin ingresar en prisión. Aún así, se le prohibió que volviera a asistir a las reuniones de la ANC durante dos años y que saliera de Johannesburgo en seis meses.

Mandela llevaba una vida cada vez más y más ajetreada. En 1952, el mismo año de la Campaña del Desafío, abrió un despacho de abogados con su amigo Oliver Tambo. Se trataba del primero de Sudáfrica propiedad de, y dirigido por africanos, y ayudaba a las personas de raza negra que tenían problemas a causa de las leyes del apartheid.

Oliver Tambo, fotografiado en el despacho de abogados que abrió con Mandela.

Al impedir que Mandela asistiera a las reuniones del ANC, el gobierno de Sudáfrica esperaba poner fin a las protestas contra el sistema del apartheid. Nada más lejos de la realidad. El ANC se había convertido en una importante organización política y, en 1952, Mandela se convirtió en su vicepresidente.

En 1955, la ANC emitió una lista de principios conocida como el Estatuto de Libertad. Dicho estatuto era el plan de la ANC para el futuro de Sudáfrica, de cara al día en que la discriminación racial llegara a su fin.

Una vez más, el gobierno estaba indignado. En 1956, Mandela y otros 155 miembros del ANC fueron arrestados. El gobierno declaró que el Estatuto de libertad demostraba que la ANC era una organización rebelde que pretendía tomar el control del país por la fuerza. Mandela y sus colegas fueron acusados de traición. Sin embargo, después de un largo juicio, todos fueron declarados inocentes.

Los 156 miembros del ANC acusados de traición en 1956.

La masacre de Sharpeville

El 21 de marzo de 1960, se celebró una protesta contra las leyes del apartheid en la ciudad de Sharpeville. Todo comenzó de forma pacífica, pero a medida que la multitud iba creciendo, la policía fue presa del pánico y comenzó a disparar. Más de 60 africanos perdieron la vida. A casi todos les dispararon por la espalda al intentar huir de la confusión.

El gobierno sudafricano recibió críticas por parte de muchos países por la matanza de Sharpeville. Como respuesta, el gobierno declaró el **estado de emergencia** y la ilegalidad del ANC, y arrestó a Mandela y a otras personas. Pasaron cinco meses antes de que Mandela fuera liberado.

Africanos muertos y heridos yacen en las calles, tras la matanza de Sharpeville.

Aunque la organización ANC fuera declarada ilegal, tenía miles de simpatizantes, no sólo en Sudáfrica sino en todo el mundo. Era demasiado grande y demasiado poderosa, de modo que el gobierno no pudo acabar con ella. A pesar de la prohibición, los líderes de la ANC juraron continuar su lucha contra el apartheid.

Los miembros del ANC se arriesgaban a penas de cárcel de hasta diez años. Mandela sabía que debía

*Durante el tiempo que pasó escondido, Mandela recibió el nombre en clave de "La **pimpinela negra**".*

continuar su labor, pero a partir de entonces lo haría de forma secreta. Se dejó barba y vestía con diferentes estilos de ropa para que la policía no pudiera reconocerle.

Durante años la ANC había sido una organización pacífica y no violenta, pero había fracasado a la hora de poner fin al sistema del apartheid. Mandela, junto con otros líderes de la ANC, comenzó a pensar que la violencia podía ser la única manera de derrotar las crueles leyes sudafricanas. Se acordó formar un ejército de combatientes llamados "Umkhonto we Sizwe", que significa "Escudo de la Nación".

El prisionero número 466/64

En el año 1962, Mandela abandonó Sudáfrica en secreto. Viajó a Etiopía para reunirse con políticos de muchos países africanos. Les habló de los problemas que sufría su país, y ellos le prometieron apoyar al ANC en su lucha por la libertad.

Mandela pasó varios meses en el extranjero. Aparte de visitar a los políticos, hizo planes para el entrenamiento de Umkhonto we Sizwe, el ejército clandestino del ANC.

A su regreso a Sudáfrica, Mandela fue arrestado. Fue acusado de abandonar el país de forma ilegal, y condenado a pasar cinco años en la prisión de Robben Island.
Poco después de comenzar a cumplir su condena, fue

Mandela y otros prisioneros picando piedra en el patio de la prisión.

acusado de un crimen mucho más grave. Mandela y los demás líderes de Umkhonto we Sizwe estaban acusados de intentar dar un golpe de estado. Todos fueron condenados a cadena perpetua.

En 1964, Mandela comenzó a cumplir su cadena perpetua en la prisión de máxima seguridad de Robben Island, a pocos kilómetros de la costa de Sudáfrica. Mandela era el prisionero número 466/64 (el prisionero número 466 que ingresaba en aquella prisión en el año 1964).

Las condiciones en la prisión eran duras. La comida era mala, y la diminuta celda de Mandela muy húmeda. Le obligaban a realizar trabajos forzados y sólo podía recibir una visita cada seis meses. Ni siquiera se le permitió asistir a los funerales de su madre y de su hijo primogénito.

Años después de su liberación, Mandela visita su celda en la prisión.

La liberación de Mandela

En el año 1980, la ANC comenzó una campaña para conseguir que Mandela fuera liberado de la prisión. Tenían el apoyo de países de todo el mundo. Mandela se había convertido en el prisionero más famoso del mundo.

En el año 1982, tras dieciocho años en Robben Island, Mandela fue trasladado a la prisión Pollsmoor, en el continente. Allí las condiciones eran mucho mejores, y se le permitía ver a su familia más a menudo. Pero fuera de la prisión, el sistema del apartheid era como antes.

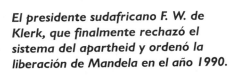

Durante los años ochenta la violencia se había extendido en muchas ciudades de toda Sudáfrica. El ANC se había convertido en el movimiento de masas que Mandela y los demás líderes esperaban crear, pero estaba pagando el precio. Las revueltas eran comunes, había daños contra la propiedad y la gente sufría ataques.

El presidente sudafricano F. W. de Klerk, que finalmente rechazó el sistema del apartheid y ordenó la liberación de Mandela en el año 1990.

Ante la presión creciente de todo el mundo, el gobierno de Sudáfrica, encabezado por el presidente F. W. de Klerk, comenzó a mantener entrevistas secretas con Mandela en el año 1986. Sabían que si alguien podía poner freno a la violencia, ése era él. Tres años más tarde, en 1989, el gobierno liberó a los otros hombres que habían ingresado en prisión con Mandela. Las cosas estaban empezando a mejorar.

La liberación del propio Mandela llegó el 11 de febrero de 1990. Había pasado 27 años en prisión. Ya empezaba a anochecer cuando Mandela cruzó las verjas de la prisión hacia su libertad. La prensa de todo el mundo estaba esperándole y las imágenes se retransmitieron en directo por todo el mundo. Entonces Mandela fue trasladado hasta Cape Town, donde le esperaba una multitud de 10.000 personas, ante el Ayuntamiento. Había una

Nelson Mandela y su mujer, Winnie, levantan el puño en señal de victoria tras su liberación.

pancarta colgada de un balcón. Decía: "Nelson Mandela, la nación te da la bienvenida a tu hogar".

El presidente F. W. de Klerk también levantó la prohibición sobre el ANC y el ANC anunció sus planes para la creación de una nueva Sudáfrica, donde las personas de todas las razas serían tratados como iguales.

El presidente Nelson Mandela

Los años que Mandela había pasado en prisión no habían cambiado su forma de pensar. Se convirtió en el líder del ANC, y tuvo muchas reuniones con el presidente F. W. de Klerk para encontrar una forma de trabajar juntos que beneficiara a todas las personas por igual. Su trabajo en común fue reconocido en 1993, cuando se les concedió el **Premio Nobel de la Paz.**

En abril de 1994, se celebraron unas elecciones generales en Sudáfrica. Por primera vez en la historia del país, hombres y mujeres de todas las razas tuvieron derecho a votar.

Había pocas dudas acerca del partido político que resultaría ganador. Nelson Mandela llevó al ANC a la victoria, y se convirtió en presidente de Sudáfrica. Comenzó una nueva

Nelson Mandela jura su cargo como nuevo presidente de Sudáfrica.

época de la historia y con ella llegó el fin del odiado sistema del apartheid.

Mandela fue presidente durante cinco años. Era el símbolo viviente de cómo se puede derrocar a un sistema injusto y cruel. En 1999, a la edad de 81 años, Mandela se retiró de la política para regresar a Transkei. Hoy en día, lleva una vida tranquila y sencilla. Nelson Mandela nunca ha pedido demasiado: es un hombre que ha entregado todo lo que tiene para ayudar a los demás.

Nelson Mandela en su retiro, fotografiado junto a su tercera mujer, Graca Machel.

Cronología

1918   *18 de julio:* nace Rolihlahla Dalibhunga Mandela.

1927   El padre de Mandela muere, y él se va a vivir con el jefe Jongintaba Dalindyebo.

1939-40   Mandela va a la Universidad de Fort Hare.

1944   Mandela colabora en la formación de la Liga de la Juventud del ANC. Se casa con Evelyn Mase.

1948   El gobierno establece leyes que apoyan la discriminación racial (apartheid).

1952   El ANC lanza la Campaña del Desafío a las Leyes Injustas. Mandela es su principal voluntario. Es arrestado y se le prohíbe asistir a las reuniones del ANC durante dos años. Abre un despacho de abogados en Johannesburgo. Se convierte en el vicepresidente del ANC.

1956   Mandela es juzgado por traición.

1957   Mandela y su primera mujer, Evelyn Mase, se divorcian.

1958   Mandela se casa con Winnie Madikizela.

1960   *21 de marzo:* la matanza de Sharpeville, en la que 67 manifestantes mueren tiroteados por la policía. El ANC es declarado ilegal. Mandela es arrestado.

1961   Mandela forma "Umkhonto we Sizwe". Escapa del país y viaja al extranjero.

1962   Mandela ingresa en prisión por cinco años.

1964   Es condenado a cadena perpetua.

1980   Aumenta la presión por la liberación de Mandela.

1986   Mandela comienza sus conversaciones con el gobierno.

1989   Mandela se reúne con el presidente F. W. de Klerk.

1990	*11 de febrero:* Mandela es liberado tras pasar 27 años en prisión.
1991	Mandela se convierte en el presidente del ANC.
1993	Mandela y el presidente F. W. de Klerk reciben el Premio Nobel de la Paz.
1994	Mandela es elegido presidente de Sudáfrica.
1996	Mandela y su segunda mujer, Winnie Madikizela, se divorcian.
1997	Mandela abandona su cargo como presidente del ANC.
1998	Mandela se casa con Graca Machel.
1999	Mandela se retira de la vida pública.

Glosario

apartheid Una palabra que significa "separación". Describe la política del gobierno de Sudáfrica desde 1948 hasta 1994, en la que las personas que no eran de raza blanca eran separados (mantenidos aparte).

discriminación racial Cuando las personas son tratadas de forma injusta por otras por su origen racial. Son discriminadas.

escuela de las misiones Una escuela dirigida por misioneros cristianos.

estado de emergencia Cuando un gobierno toma medidas extraordinarias para mantener el control de país, tales como sacar el ejército a las calles para impedir que se produzcan protestas.

multiracial Una sociedad en la que todas las personas, sin importar sus orígenes raciales, son tratadas como iguales.

nacionalismo Un movimiento en el que la gente lucha por gobernar su nación ellos mismos, en lugar de ser gobernados por personas que consideran extranjeras.

pases Desde 1952 hasta 1986 todas las personas de raza negra mayores de 16 años en Sudáfrica debían llevar un documento de identidad o pase.

pimpinela negra Es el sobrenombre que Mandela recibió en los periódicos a comienzos de la década de los sesenta, cuando se escondía de la policía. Se le veía como la versión africana de la pimpinela escarlata, un personaje de ficción que también logró evitar la captura.

Premio Nobel de la Paz Un premio concedido anualmente por el Comité Noruego Nobel a una persona (o personas) cuyo trabajo ha contribuido a lograr un mundo más pacífico.

Thembu Un clan (una tribu) de nativos africanos cuyo hogar es la región Transkei de Sudáfrica.

Transkei Una región de Sudáfrica, con capital en Umtata.

Índice analítico